FIRST FRENCH WORDS

Premiers Mots Anglais

Note for Adults

This book is intended for parents and other adults who speak at least a little French themselves and who would like their children to begin to enjoy discovering French too. The book contains a story with a dual language text which introduces young children to the sounds and cadences of a foreign language. In every scene, from kitchen to bedroom to park, everyday objects are clearly labelled in French and in English, enabling even quite small children to enjoy identifying and learning some French words. Additional sections introduce children to the words for numbers, colours and parts of the body. Your child will find learning some French with Topsy and Tim great fun!

The book includes a comprehensive index for adult use. Please note that the two story texts are idiomatic rather than literal translations.

Précision pour les Adultes

Ce livre est destiné aux parents et autres adultes parlant au moins un peu anglais et désireux de voir leurs enfants se réjouir d'une première découverte de cette langue. Le livre contient une histoire avec un texte en deux langues, ce qui fait connaître aux jeunes enfants les sons et les cadences d'une langue étrangère. Dans chaque scène, de la cuisine à la chambre à coucher, jusqu'au parc, chaque objet est désigné en anglais et en français, permettant, même aux petits enfants, de s'amuser à identifier et à apprendre quelques mots anglais. Une partie supplémentaire introduit les nombres anglais ainsi que les couleurs et les parties du corps. Votre enfant va trouver très amusant d'apprendre un peu d'anglais avec Topsy et Tim.

Le livre comprend un index complet à l'intention des adultes. Nous vous faisons remarquer que la traduction de l'histoire est plus idiomatique que littérale.

BLACKIE CHILDREN'S BOOKS

Published by the Penguin Group
Penguin Books Ltd, 27 Wrights Lane, London W8 5TZ, England
Penguin Books USA Inc., 375 Hudson Street, New York, New York 10014, USA
Penguin Books Australia Ltd, Ringwood, Victoria, Australia
Penguin Books Canada Ltd, 10 Alcorn Avenue, Toronto, Ontario, Canada M4V 3B2
Penguin Books (NZ) Ltd, 182–190 Wairau Road, Auckland 10, New Zealand

Penguin Books Ltd, Registered Offices: Harmondsworth, Middlesex, England

Text originally published as *Topsy and Tim Word Book* © 1984 Jean & Gareth Adamson
This edition first published 1995 by Blackie Children's Books
10 9 8 7 6 5 4 3 2 1

Copyright © 1995 Jean & Gareth Adamson & Penguin Books Limited
Text translated by Donald Nicholson-Smith

The moral right of the author and illustrator has been asserted

Design by Between the Lines, London
Filmset in Century Schoolbook Infant
Made and printed in China by Imago

A CIP catalogue record for this book is available from the British Library

ISBN 0-216-940915 Hbk
ISBN 0-216-94092-3 Pbk

Topsy + Tim

FIRST FRENCH WORDS

Premiers Mots Anglais

Jean and Gareth Adamson

Blackie Children's Books

Topsy and Tim are
getting ready to go
out. They are going
to buy a birthday
present for Josie
Miller.

*Topsy et Tim se
préparent à sortir.
Ils vont acheter un
cadeau d'anniversaire
pour Josie Miller.*

carrier bag
le sac en plastique

coat
le manteau

hat
le chapeau

scarf
l'écharpe

buttons
les boutons

umbrella
le parapluie

dress
la robe

handbag
le sac à main

wellingtons
les bottes en caoutchouc

belt
la ceinture

anorak
l'anorak

bobble hat
le bonnet

jumper
le pull

T-shirt
le teeshirt

pocket
la poche

skirt
la jupe

jeans
le jean

tights
le collant

socks
les chaussettes

laces
les lacets

shoes
les chaussures

trainers
les baskets

5

Mummy takes them to a toyshop to choose a present for Josie. They choose a jigsaw puzzle.

Maman les emmène chez un marchand de jouets pour choisir le cadeau de Josie. Ils choisissent un puzzle.

puppets
les marionnettes

rocking horse
le cheval à bascule

doll's house
la maison de poupée

paintbox
la boîte de peinture

darts set
le jeu de fléchettes

roller skates
les patins à roulettes

guitar
la guitare

doll
la poupée

computer
l'ordinateur

dinosaur
le dinosaure

helicopter
l'hélicoptère

video game
le jeu vidéo

tricycle
le tricycle

jigsaw
le puzzle

bricks
les cubes

space ship
le vaisseau spatial

marbles
les billes

7

On the way home Topsy and Tim go to the supermarket, where they help Mummy to do her own shopping.

Avant de rentrer, Topsy et Tim accompagnent leur mère au supermarché. Ils l'aident à faire ses achats.

fruit
les fruits

sweets
les bonbons

jam
la confiture

tea
le thé

coffee
le café

eggs
les oeufs

sugar
le sucre

flour
la farine

fish
le poisso

yoghurt
le yaourt

cheese
le fromage

butter
le beurre

trolley
le chario

till
la caisse

purse
le porte-monnaie

basket
le panier

money
l'argent

meat
la viande

bread
le pain

cake
le gâteau

orange
l'orange

milk
le lait

biscuits
les petits gâteaux

lemon
le citron

carrots
les carottes

bananas
les bananes

apples
les pommes

lettuce
la laitue

potatoes
les pommes de terre

tomatoes
les tomates

When they get home Topsy and Tim make birthday cards for Josie. Topsy wraps the jigsaw puzzle in pretty paper and ties it with yellow ribbon.

De retour à la maison, Topsy et Tim fabriquent des cartes d'anniversaire pour Josie. Topsy emballe le puzzle dans un joli papier, et met un ruban jaune autour.

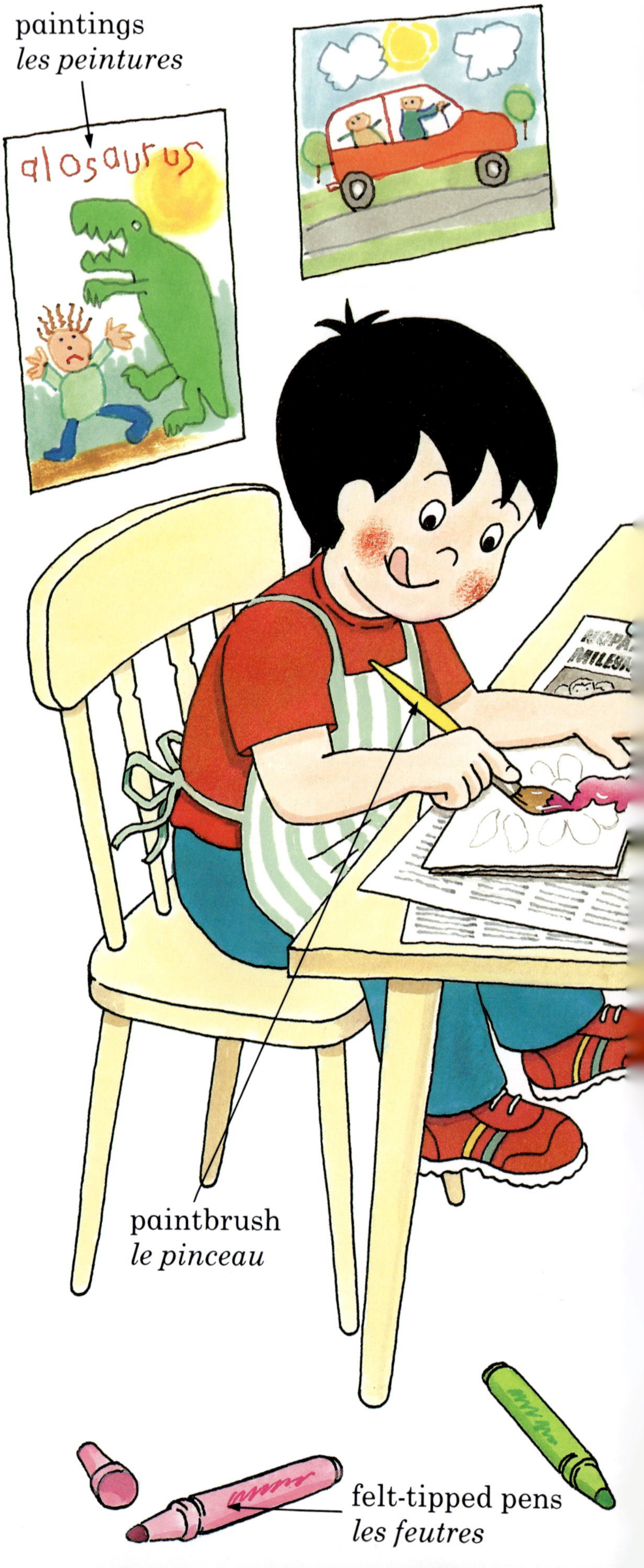
paintings
les peintures
alosaurus
paintbrush
le pinceau
felt-tipped pens
les feutres

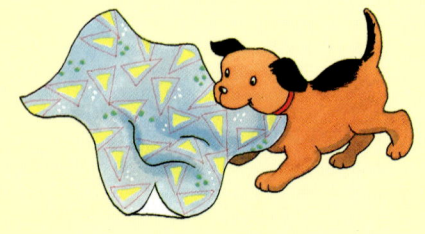

wrapping paper
le papier cadeau

water
l'eau

pair of scissors
la paire de ciseaux

rubber
la gomme

ribbon
le ruban

parcel
le paquet

pencil
le crayon

poster paints
les gouaches

birthday card
la carte d'anniversaire

table
la table

crayons
les pastels

ruler
la règle

11

Topsy does not want much lunch.

'We are saving lots of room for Josie's birthday cake,' says Topsy.

'And ice-cream too,' adds Tim.

Topsy ne veut pas beaucoup manger à midi.

'Nous gardons beaucoup de place pour le gâteau d'anniversaire de Josie,' dit Topsy.

'Et pour la glace aussi,' ajoute Tim.

teapot
la théière

clock
la pendule

cupboard
le placard

sausages
les saucisses

kettle
la bouilloire

saucepan
la casserole

cooker
la cuisinière

plate
l'assiette

saucers
les soucoupes

jug
le pichet

cup
la tasse

window
la fenêtre

eggcup
le coquetier

sink
l'évier

fridge
le frigo

peas
les petits pois

spoon
la cuiller

knife
le couteau

fork
la fourchette

stool
le tabouret

kitchen table
la table de cuisine

chair
la chaise

13

Topsy and Tim play in their garden until it is time to get ready for Josie's birthday party.

'Try not to get too dirty,' calls Mummy.

Topsy et Tim jouent dans le jardin en attendant l'heure de se préparer pour aller à l'anniversaire de Josie.

'Essayez de ne pas trop vous salir,' crie Maman.

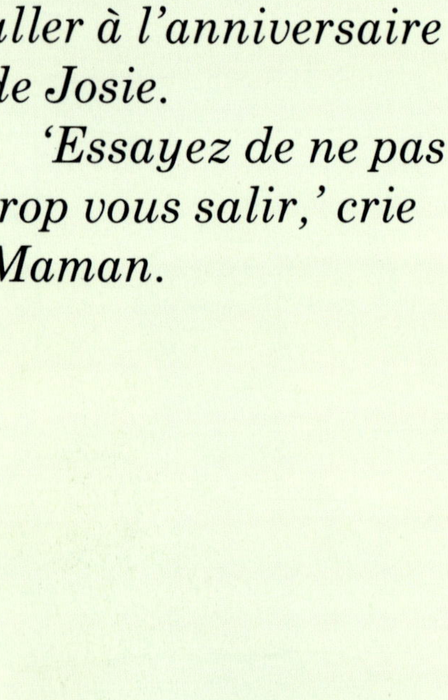

watering can
l'arrosoir

bird
l'oiseau

swing
la balançoire

rake
le râteau

spade
la bêche

trousers
le pantalon

lawn
la pelouse

shears
la cisaille

bike
le vélo

butterfly
le papillon

wheelbarrow
la brouette

hutch
le clapier

bee
l'abeille

rabbit
le lapin

daisies
les pâquerettes

lawnmower
la tondeuse à gazon

snail
l'escargot

forget-me-nots
les myosotis

15

At last they are washed, dressed and on their way. They take a short cut through the park.

Les voilà enfin propres, habillés et prêts à partir. Ils prennent un raccourci à travers le parc.

refreshment stand
la buvette

trees
les arbres

skipping rope
la corde à sauter

bushes
les buissons

woman
la femme

litter bin
la boîte à ordures

bench
le banc

baby
le bébé

duck
le canard

skateboard
la planche à roulettes

kite
le cerf-volant

girl
la fille

boy
le garçon

sand pit
le bac à sable

scooter
la trottinette

slide
le tobogan

man
l'homme

buggy
la poussette

lake
le lac

duckling
le caneton

flowers
les fleurs

17

Josie is waiting for them.

'Hurry up, Topsy and Tim,' she calls. 'The party has already begun.'

Josie les attend.
'Dépêchez-vous, Topsy et Tim,' lance-t-elle. 'La fête est déjà commencée.'

garage
le garage

traffic lights
les feux

zebra crossing
le passage clouté

phone box
la cabine téléphonique

post office
la poste

bus
l'autobus

car
la voiture

motorbike
la moto

butcher's shop
la boucherie

grocer's shop
l'épicerie

book shop
la librairie

smoke
la fumée

chimney
la cheminée

roof
le toit

lamp post
le réverbère

front door
la porte d'entrée

pavement
le trottoir

hedge
la haie

The party tea is scrumptious. Tim eats so much ice-cream that he has no room for birthday cake.

'Never mind,' says Josie. 'You can take a piece home with you.'

Il y a des tas de choses délicieuses à manger. Tim mange tant de glace qu'il ne lui reste plus de place pour le gâteau d'anniversaire.

'Ça ne fait rien,' dit Josie. 'Tu peux toujours en emporter une part.'

paper hat
le chapeau en papier

balloons
les ballons

radio
la radio

gifts
les cadeaux

birthday card
la carte d'anniversaire

birthday present
le cadeau d'anniversaire

paper chains
les guirlandes de papier

birthday cake
le gâteau d'anniversaire

sandwiches
les sandwichs

orange juice
le jus d'orange

tablecloth
la nappe

straws
les pailles

glass
le verre

potato crisps
les chips

napkins
les serviettes de table

fizzy drinks
les boissons gazeuses

21

When the party is over Dad takes Topsy and Tim home.

'I can see you had a good time,' said Mummy.

Après la fête c'est Papa qui ramène Topsy et Tim à la maison.

'Je vois que vous vous êtes bien amusés,' dit Maman.

Dad
papa

door
la porte

brother
le frère

sister
la soeur

aquarium
l'aquarium

heater
l'appareil de chauffage

telephone
le téléphone

picture
le tableau

lamp
la lampe

plant
la plante

cushions
les coussins

cat
le chat

couch
le canapé

television
la télévision

Mummy
maman

dog
le chien

bookcase
la bibliothèque

newspaper
le journal

armchair
le fauteuil

magazines
les revues

23

Topsy and Tim play with their party balloons in the bath. Tim's balloon comes undone and whizzes all round the bathroom.

Dans le bain Topsy et Tim jouent avec les ballons qu'ils ont rapportés. Le ballon de Tim perd sa ficelle et s'envole dans la salle de bain.

toothbrushes
les brosses à dents

shampoo
le shampooing

soap
le savon

sponge
l'éponge

bath
la baignoire

shower
la douche

tiles
les carreaux

mirror
le miroir

plug
la bonde

washbasin
le lavabo

toothpaste
le dentifrice

pyjamas
le pyjama

bathmat
le tapis de bain

towel
la serviette

toilet
les toilettes

'Did Josie like her jigsaw puzzle?' asks Mummy, as she tucks them into bed.
  'She got three,' says Topsy. 'But she likes ours best.'

'Est-ce que le puzzle a plu à Josie?' demande Maman en les mettant au lit.
  'Elle en a reçu trois,' dit Topsy, 'mais c'est le nôtre qu'elle préfère.'

slippers
les pantoufles

wardrobe
l'armoire

tennis racquet
la raquette de tennis

chest of drawers
la commode

exercise book
le cahier

school bag
le cartable

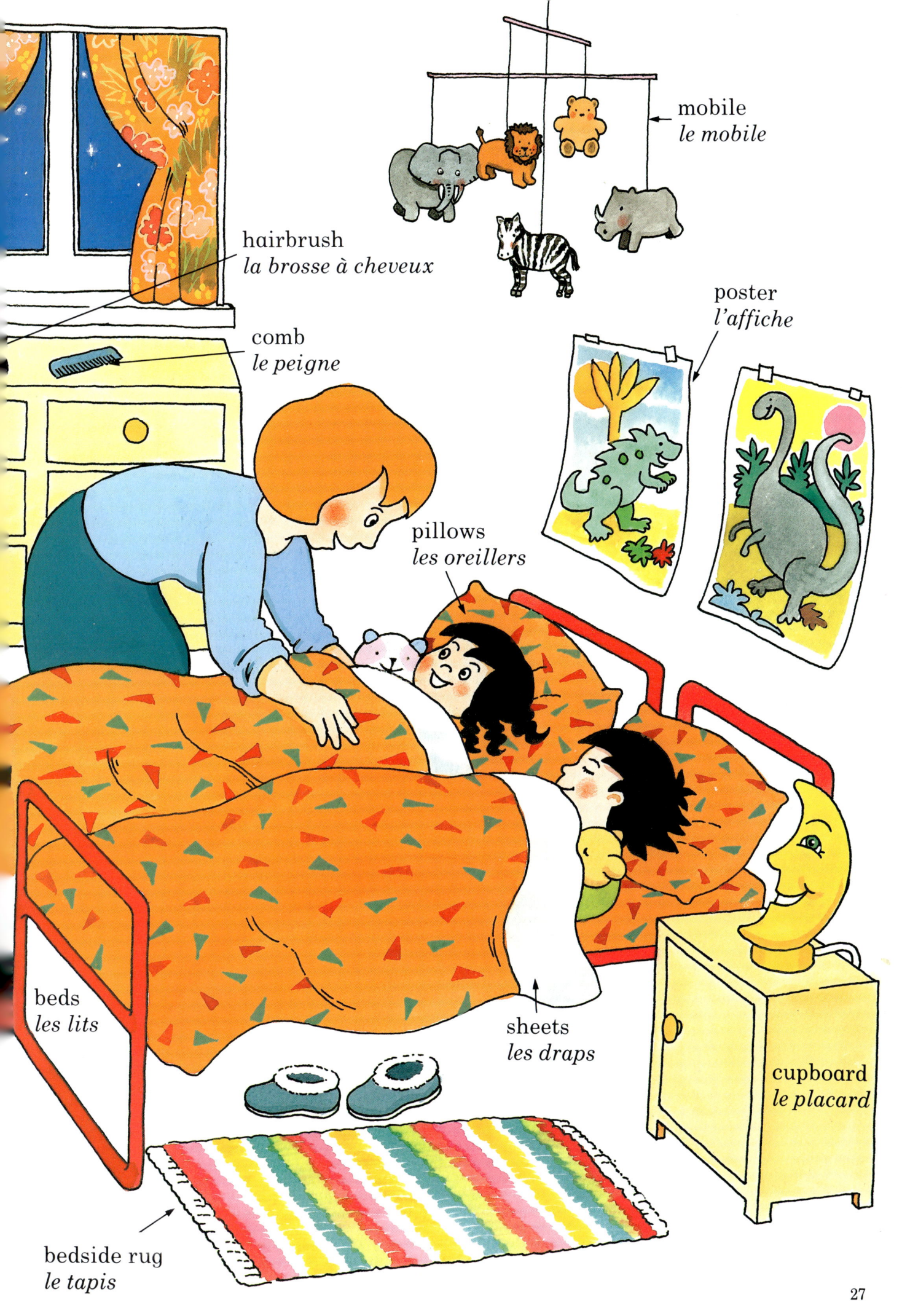

hairbrush
la brosse à cheveux

comb
le peigne

mobile
le mobile

poster
l'affiche

pillows
les oreillers

beds
les lits

sheets
les draps

cupboard
le placard

bedside rug
le tapis

27

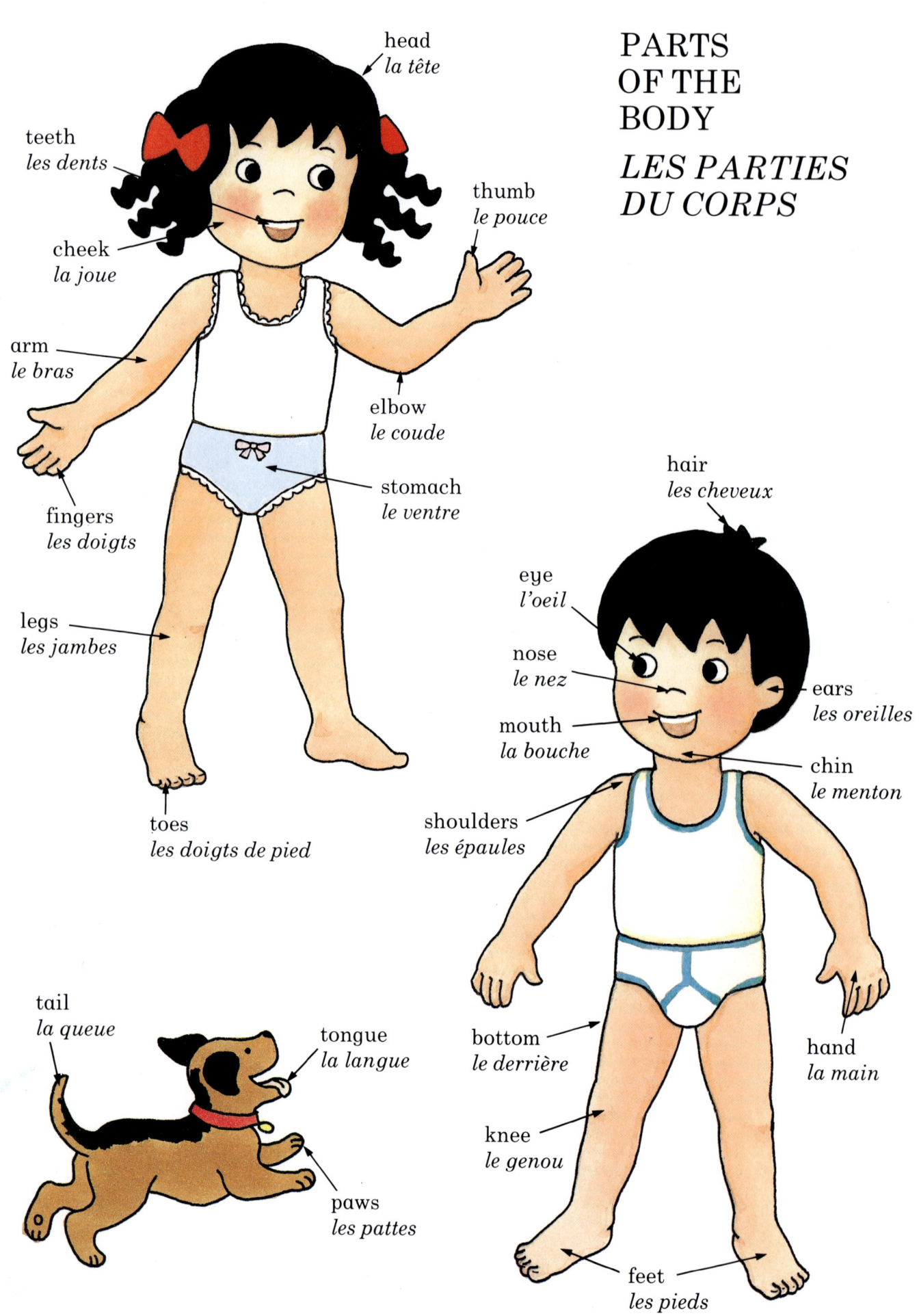

head
la tête

teeth
les dents

cheek
la joue

thumb
le pouce

arm
le bras

elbow
le coude

fingers
les doigts

stomach
le ventre

legs
les jambes

hair
les cheveux

eye
l'oeil

nose
le nez

ears
les oreilles

mouth
la bouche

chin
le menton

shoulders
les épaules

toes
les doigts de pied

tail
la queue

tongue
la langue

bottom
le derrière

hand
la main

knee
le genou

paws
les pattes

feet
les pieds

28

COLOURS *LES COULEURS*

black
noir

grey
gris

yellow
jaune

red
rouge

orange
orange

white
blanc

blue
bleu

brown
marron

pink
rose

green
vert

NUMBERS *LES NOMBRES*

one	two	three	four	five
1	**2**	**3**	**4**	**5**
un	*deux*	*trois*	*quatre*	*cinq*

six	seven	eight	nine	ten
6	**7**	**8**	**9**	**10**
six	*sept*	*huit*	*neuf*	*dix*

ENGLISH/*FRENCH*

rocking horse/*le cheval à bascule* 6
roller skate/*le patin à roulettes* 7
roof/*le toit* 19
rubber/*la gomme* 11
ruler/*la règle* 11

sand pit/*le bac à sable* 17
sandwich/*le sandwich* 21
saucepan/*la casserole* 12
saucer/*la soucoupe* 13
sausage/*la saucisse* 12
to save/*garder* 12
to say/*dire* 12
scarf/*l'écharpe* (f) 5
school bag/*le cartable* 26
scooter/*la trottinette* 17
to see/*voir* 22
seven/*sept* 29
shampoo/*le shampooing* 24
shears/*la cisaille* 15
sheet/*le drap* 27
shoe/*la chaussure* 5
short cut/*le raccourci* 16
shoulder/*l'epaule* (f) 28
shower/*la douche* 25
sink/*l'évier* (m) 13
sister/*la soeur* 22
six/*six* 29
skateboard/*la planche à roulettes* 16
skipping rope/*la corde à sauter* 16
skirt/*la jupe* 5
slide/*le toɔogan* 17
slipper/*la pantoufle* 26
smoke/*la fumée* 19
snail/*l'escargot* (m) 15
soap/*le savon* 24
sock/*la chaussette* 5
space ship/*le vaisseau spatial* 7
spade/*la bêche* 14
sponge/*l'éponge* (f) 24
spoon/*la cuiller* 13
stomach/*le ventre* 28
stool/*le tabouret* 13
straw/*la paille* 21
sugar/*le sucre* 8
supermarket/*le supermarché* 8
sweet/*le bonbon* 8
swing/*la balançoire* 14

T-shirt/*le teeshirt* 5
table/*la table* 11
tablecloth/*la nappe* 21
tail/*la queue* 28
to take/*prendre* 15
to take away/*emmener* 6
to take away/*emporter* 20
tea/*le thé* 8
teapot/*la théière* 12
telephone/*le téléphone* 22
television/*la télévision* 23
ten/*dix* 29
tennis racquet/*la raquette de tennis* 26
three/*trois* 29
thumb/*le pouce* 28
tights/*le collant* 5
tile/*le carreau* 25
till/*la caisse* 9
toe/*le doigt de pied* 28
toilet/*les toilettes* (f) 25
tomato/*la tomate* 9
tongue/*la langue* 28
tooth/*la dent* 28
toothbrush/*la brosse à dents* 24
toothpaste/*le dentifrice* 25
towel/*la serviette* 25

toyseller/*le marchand de jouets* 6
traffic lights/*les feux* (m) 18
trainers/*les baskets* (m) 5
tree/*l'arbre* (m) 16
tricycle/*le tricycle* 7
trolley/*le chariot* 8
trousers/*le pantalon* 15
to try/*essayer* 14
two/*deux* 29

umbrella/*le parapluie* 5

video game/*le jeu vidéo* 7

to wait/*attendre* 18
to want/*vouloir* 12
wardrobe/*l'armoire* (f) 26
washbasin/*le lavabo* 25
water/*l'eau* (f) 11
watering can/*l'arrosoir* (m) 14
wellington boot/
    la botte en caoutchouc 5
wheelbarrow/*la brouette* 15
white/*blanc* 29
window/*la fenêtre* 13
woman/*la femme* 17
to wrap/*emballer* 10
wrapping paper/*le papier cadeau* 10

yellow/*jaune* 29
yoghurt/*le yaourt* 8

zebra crossing/*le passage clouté* 18

FRENCH/ENGLISH

l'abeille (f)/bee 15
acheter/to buy 4
l'affiche (f)/poster 27
aider/to help 8
ajouter/to add 12
l'anorak (m)/anorak 5
l'appareil de chauffage (m)/heater 22
l'aquarium (m)/aquarium 22
l'arbre (m)/tree 16
l'argent (m)/money 9
l'armoire (f)/wardrobe 26
l'arrosoir (m)/watering can 14
l'assiette (f)/plate 13
attendre/to wait 18
l'autobus (m)/bus 18

le bac à sable/sand pit 17
la baignoire/bath-tub 24
le bain/bath 24
la balançoire/swing 14
le ballon/ballon 20
la banane/banana 9
le banc/bench 16
les baskets (m)/trainers 5
le bébé/baby 16
la bêche/spade 14
le beurre/butter 8
la bibliothèque/book case 23
la bille/marble 7
blanc/white 29
bleu/blue 29
la boisson gazeuse/fizzy drink 21
la boîte à ordures/litter bin 16

la boîte de peinture/paintbox 6
le bonbon/sweet 8
la bonde/plug 25
le bonnet/bobble hat 5
la botte en caoutchouc/
    wellington boot 5
la bouche/mouth 28
la boucherie/butcher's shop 19
la bouilloire/kettle 12
le bouton/button 5
le bras/arm 28
la brosse à cheveux/hairbrush 27
la brosse à dents/toothbrush 24
la brouette/wheelbarrow 15
la buvette/refreshment stand 16

la cabine téléphonique/phone box 18
le cadeau/gift 20
le cadeau/present 4
le cadeau d'anniversaire/
    birthday present 20
le café/coffee 8
le cahier/exercise book 26
la caisse/till 9
le canapé/couch 23
le canard/duck 16
le caneton/duckling 17
le carreau/tile 25
la carotte/carrot 9
le cartable/school bag 26
la carte d'anniversaire/
    birthday card 10, 11, 20
la casserole/saucepan 12
la ceinture/belt 5
le cerf-volant/kite 17
la chaise/chair 13
le chapeau/hat 5
le chapeau en papier/paper hat 20
le chariot/trolley 8
le chat/cat 23
la chaussette/sock 5
la chaussure/shoe 5
la cheminée/chimney 19
le cheval à bascule/rocking horse 6
les cheveux (m)/hair 28
le chien/dog 22
le chip/potato crisp 21
choisir/to choose 6
cinq/five 29
la cisaille/shears 15
le citron/lemon 9
le clapier/hutch 15
le collant/tights 5
commencer/to begin 18
la commode/chest of drawers 26
la confiture/jam 8
le coquetier/eggcup 13
la corde à sauter/skipping rope 16
le coude/elbow 28
le coussin/cushion 23
le couteau/knife 13
le cube/brick 7
la cuiller/spoon 13
la cuisinière/cooker 12

demander/to ask 26
la dent/tooth 28
le dentifrice/toothpaste 25
le derrière/bottom 28
deux/two 29
le dinosaure/dinosaur 7
dire/to say 12
dix/ten 29
le doigt/finger 28
le doigt de pied/toe 28

la douche/shower 25
le drap/sheet 27

l'eau (f)/water 11
l'écharpe (f)/scarf 5
emballer/to wrap 10
emmener/to take away 6
emporter/to take away 20
s'envoler/to fly away 24
l'épaule (f)/shoulder 28
l'épicerie (f)/grocer's shop 19
l'éponge (f)/sponge 24
l'escargot (m)/snail 15
essayer/to try 14
l'évier (m)/sink 13

fabriquer/to make 10
la farine/flour 8
le fauteuil/armchair 23
la femme/woman 17
la fenêtre/window 13
la fête/party 18, 22
le feutre/felt-tipped pen 10
les feux (m)/ traffic lights 18
la fille/girl 17
la fleur/flower 17
la fourchette/fork 13
le frère/brother 22
le frigo/fridge 13
le fromage/cheese 8
le fruit/fruit 8
la fumée/smoke 19

le garage/garage 18
le garçon/boy 17
garder/to save 12
le gâteau/cake 9
le gâteau d'anniversaire/
   birthday cake 12, 20, 21
le genou/knee 28
la glace/ice-cream 12, 20
la gomme/rubber 11
la gouache/poster paint 11
gris/grey 29
la guirlande de papier/paper chain 21
la guitare/guitar 7

la haie/hedge 19
l'hélicoptère (m)/helicopter 7
l'homme (m)/man 17
huit/eight 29

la jambe/leg 28
le jardin/garden 14
jaune/yellow 29
le jean/jeans 5
le jeu de fléchettes/darts set 7
le jeu vidéo/video game 7
la joue/cheek 28
jouer/to play 14, 24
le journal/newspaper 23
la jupe/skirt 5
le jus d'orange/orange juice 21

le lac/lake 17
le lacet/lace 5
le lait/milk 9
la laitue/lettuce 9
la lampe/lamp 23
la langue/tongue 28
le lapin/rabbit 15
le lavabo/washbasin 25
la librairie/book shop 19
le lit/bed 26, 27

la main/hand 28
la maison/house 10
la maison de poupée/doll's house 6
maman (f)/Mummy 6, 14, 22, 26
manger/to eat 20
le manteau/ coat 5
le marchand de jouets/toy seller 6
la marionnette/puppet 6
marron/brown 29
le menton/chin 28
la mère/mother 8
mettre/to put on 10
le miroir/mirror 25
le mobile/mobile 27
la moto/motorbike 18
le myosotis/forget-me-not 15

la nappe/tablecloth 21
neuf/nine 29
le nez/nose 28
noir/black 29

l'oeil (m)/eye 28
l'oeuf (m)/egg 8
orange/orange 29
l'orange (f)/orange 9
l'ordinateur (m)/computer 7
l'oreille (f)/ear 28
l'oreiller (m)/pillow 27
l'oiseau (m)/bird 14

la paille/straw 21
le pain/bread 9
la paire de ciseaux/pair of scissors 11
le panier/basket 9
le pantalon/trousers 15
la pantoufle/slipper 26
papa (m)/Dad 22
le papier cadeau/wrapping paper 10
le papillon/butterfly 15
la pâquerette/daisy 15
le paquet/parcel 11
le parapluie/umbrella 5
le parc/park 16
le passage clouté/zebra crossing 18
le pastel/crayon 11
le patin à roulettes/roller skate 7
la patte/paw 28
le peigne/comb 27
la peinture/painting 10
la pelouse/lawn 15
la pendule/clock 12
le petit pois/pea 13
le pichet/jug 13
le pied/foot 28
le pinceau/paintbrush 10
le placard/cupboard 12, 27
la planche à roulettes/skateboard 16
la plante/plant 23
la poche/pocket 5
le poisson/fish 9
la pomme/apple 9
la pomme de terre/potato 9
la porte/door 22
la porte d'entrée/front door 19
le porte-monnaie/purse 9
la poste/post office 18
le pouce/thumb 28
la poupée/doll 7
la poussette/buggy 17
prende/to take 16
préparer/to prepare 4
le pull/jumper 5
le puzzle/jigsaw puzzle 6, 7, 26
le pyjama/pyjamas 25

quatre/four 29
la queue/tail 28

le raccourci/short cut 16
la radio/radio 20
ramener/to bring back 22
la raquette de tennis/tennis racquet 26
le râteau/rake 14
la règle/ruler 11
le réverbère/lamp post 19
la revue/magazine 23
la robe/dress 5
rose/pink 29
rouge/red 29
le ruban/ribbon 10, 11

le sac à main/handbag 5
le sac en plastique/carrier bag 4
se salir/to get dirty 14
le sandwich/sandwich 21
la saucisse/sausage 12
le savon/soap 24
sept/seven 29
la serviette/towel 25
la serviette de table/napkin 21
le shampooing/shampoo 24
six/six 29
la soeur/sister 22
sortir/to go out 4
la soucoupe/saucer 13
le sucre/sugar 8
le supermarché/supermarket 8

la table/table 11
la table de cuisine/kitchen table 13
le tableau/picture 23
le tabouret/stool 13
le tapis/bedside rug 27
le tapis de bain/bathmat 25
la tasse/cup 13
le teeshirt/T-shirt 5
le téléphone/telephone 22
la télévision/television 23
la tête/head 28
le thé/tea 8
la théière/teapot 12
le tobogan/slide 17
les toilettes (f)/toilet 25
le toit/roof 19
la tomate/tomato 9
la tondeuse à gazon/lawnmower 15
le tricycle/tricycle 7
trois/three 29
la trottinette/scooter 17
le trottoir/pavement 19

un (m) *une* (f)/one 29

le vaisseau spatial/space ship 7
le vélo/bike 14
le ventre/stomach 28
le verre/glass 21
vert/green 29
la viande/meat 9
voir/to see 22
la voiture/car 18
vouloir/to want 12

le yaourt/yoghurt 8